Per Andréa Nève

La citazione in corsivo nel testo è tratta dal libro
"Nel paese dei mostri selvaggi" di Maurice Sendak
pubblicato da Babalibri

© 1996, l'école des loisirs, Paris
© 2005, Babalibri srl, Milano
Titolo originale *Au lit, petit monstre!*
Traduzione di Federica Rocca
Impaginazione *Architexte*, Bruxelles
Fotolito *Photolito AG*, Gossau–Zürich
Tutti i diritti riservati
Finito di stampare nel mese di gennaio 2005
presso Grafiche AZ, Verona, Italia

Mario Ramos

A letto, piccolo mostro!

«A letto, piccolo mostro!
Guarda che ti prendo…»

«Calmati, piccolo mostro, altrimenti papà si arrabbia! Capito?»

«No, in braccio no!»

«E va bene, ti metto giù. Dai un bacio alla mamma e poi a letto, d'accordo?»

«No, il bacio alla mamma no!»
«Allora è la mamma che ti dà un bacione.
Buona notte tesoro!»

«Si dà sempre il bacio della buonanotte.»
«No!»
«Ti avverto, piccolo mostro, non si scende più!
Forza, a letto…»
«In braccio.»

«Ma no, così è disgustoso!
Ti ho detto mille volte che lo spazzolino
da denti non serve per pulire il rubinetto.»

«Allora, hai fatto tutto?

Guarda che poi non c'è tempo per leggere un libro…

Hai finito? Finalmente!

Forza, di corsa in camera tua, piccolo mostro!»

«Attento! Così cadi!
Ancora quello? Scegli sempre lo stesso…
Questa sera è papà che sceglie un libro, va bene?»
«No!»
«Ah, d'accordo.»

«Vieni vicino a me, calmati un po'.
E dopo fai la nanna…

*"Quella sera Max si mise il costume da lupo
e ne combinò di tutti i colori e anche peggio…"*

Ecco, la storia è finita!
A letto, mio caro piccolo mostro.»

«Eh no! Adesso mi arrabbio!
Il letto serve per dormire, non per saltare.»
«Ho sete!»
«Un'altra scusa per non dormire!
Hai già bevuto abbastanza…»
«Aaaargh! Muoio di sete!»
«Va bene, vado a prenderti un bicchiere d'acqua.»

«Vedi di non bere per un'ora…
è tardi e vorrei che tu dormissi un po' questa notte!»
«Un bacio alla mamma!»
«Non ci credo! Non se ne parla nemmeno!
Sai benissimo che dovevi darle un bacio
quando eri giù…
Sei davvero un piccolo mostro!»

«Adesso chiudi gli occhi e fai
una bella nanna fino a domani.
Buona notte, tesoro!»

«Buona notte, papà mostro!»